Pour Talia et Elliot
Pour Alon, Erez, Odeyah et Guy
Gérard

Pour Poppy
Geneviève

Loi 49 956 du 16 juillet 1949,
sur les publications destinées à la jeunesse.
Dépôt légal: mai 2021
ISBN 978-2-211-30755-0

Mise en pages: *Architexte*, Bruxelles
Photogravure: *ColorWay*, Tourcoing
Imprimé en Belgique par *Graphius*

Les glaces aux coquelicots

Texte de Gérard Goldman
illustrations de Geneviève Casterman

Pastel
l'école des loisirs

Papa, Maman et moi, on est allés
prendre Bob et Dom en voiture.
On ne leur a pas dit où on allait,
Papa voulait leur faire la surprise.

P.O.P.P.Y

Après des millions de kilomètres,
on est arrivés sur une plage toute longue
avec des mouettes, des surfeurs,
des parasols et des vagues tellement hautes
qu'elles éclaboussaient les nuages.

P.O.P.P.Y

Dom, la maman de Papa,
a demandé pourquoi on s'arrêtait.

Papa lui a dit : « Mais c'est là qu'on venait
en vacances l'été quand j'étais petit, qu'on
faisait du pédalo, qu'on mangeait des moules
à la framboise et des glaces aux coquelicots ! »

«C’est pas du tout là, a répondu Bob, le papa de Papa.
Moi, je sais où on allait !»

On a repris la voiture, on a roulé encore des millions de kilomètres jusqu'à une grande vallée avec un lac au milieu, bleu comme les rubans dans mes cheveux.

Bob a dit à Papa : « Tu ne te souviens pas ?
Tu faisais des galipettes dans l'herbe jaune
et tu chassais des papillons phosphorescents
grands comme des cerfs-volants ! »

Papa a dit à Bob : « Tu te trompes,
on n'est jamais venus ici. » Dom a ajouté :
« Pourquoi vous ne me demandez pas ?
Moi, je sais ! »

On a encore fait des millions et des millions
de kilomètres jusqu'à un village aux maisons
blanches avec des nénuphars et une mare
aux canards.

Dom a dit : « Vous ne vous rappelez pas ?
C'est de ce balcon qu'on a vu les étoiles descendre du ciel, et danser avec nous au bal du 14 juillet. »

« Ce n'était pas là du tout ! » a répondu Bob.
« Tu as raison. Bien sûr que ce n'était pas là », a ajouté Papa.

« C'est dommage, j'ai soupiré.
Moi, j'aimerais bien rouler dans l'herbe
jaune, souffler sur les étoiles
et manger des glaces aux coquelicots. »

POPPY

On a traversé des montagnes,
longé des rivières et des bords de mer.
Dom, Papa et Bob s'exclamaient :
« C'est là ! C'est là ! »

Mais jamais ils n'étaient d'accord.

Alors, Maman, qui a toujours le dernier mot, a dit:
« Si personne ne sait où c'est, autant rentrer à la maison ! »

On a refait tous les millions et les millions
de kilomètres en sens inverse.
Papa, Bob et Dom avaient plein de sourires
dans le cœur de m'avoir fait partager leurs trésors.

P.O.P.P.Y

Moi aussi, j'aurai des trésors de souvenirs
à raconter quand je serai grande comme eux !